かがやけ

大田美和

北冬舎

かがやけ∞目次

I

II

写真＝石山貴美子
装丁＝大橋泉之

かがやけ

I

一杯の水　ラオス出張講義

近藤芳美の口調を真似て朗読すアジア共同体の講義のために

アメリカが建ててくれたという校舎あとはエアコンを設置するだけ

図書館へ案内されて空の書架彼は臆せず現実を見せる

メコン河数多（あまた）の国と民族を乗せてどろりと海は見えない

「ルアンパバーンへようこそ」の歌先導する一番退屈そうだった女学生

自撮り棒伸ばして歩く空港になるとは知らず内戦の死者

インディゴ・ホテルの前の広場で微博(ウェイボー)の中継だろうか若きら騒ぐ

鎧戸で西日遮り湯をためて遠く呼び出す若き恋人

傘差してバイクゆっくり走らせるハイストリートのスーツの女

境内に小さき仏像買うときも何曜日生まれなのと聞かれて

ライスフィールドはどこかと問えば遠回り棚田が見えるのは町はずれ

女一人の身を守るためサッチャーのような英語が口を飛び出す

仏舎利を祭るお堂で子をあやし神妙に御神籤を引くお母さん

争いを止めるポーズの仏像がここにもありて内陸の国

サフランで炊いた糯米（もちごめ）マンゴーを添えて黄金色のデザート

蛍光灯の明かりの下に広げれば値段以上のシルクが光る

先生と声かけて一杯の水ふるまわれる昨日の聴衆の一人なりし学生

お客から友だちになり恋人になる前に雨季と梅雨にわかれて

棄てた人棄てられた人好きな人誰にも似ない人でよかった

瑞々しき落花も夕陽を見届けて丘を下れば枯れ果てにけり

半島につづく扉　詩人の丁章（チョンヂャン）さんへ

菜の花の記念館よりにわか雨に打たれて歩く君のカフェまで

住宅地の果てに慎ましく扉ひらく君の営む喫茶美術館

司馬遼太郎が「天爵を感ずる場所」と記した。
「天爵のかがやく」町の一隅を雨上がり淡く夕明かり射す

洞窟と謙遜するも民藝のテーブルと椅子は黒光りして

通名を捨て親の家も捨てて……サラム（人間）として帰宅する

一人一人の孤独の時間をあためる剋太の絵そして達三の壺

逆勘当したという君の父上の別館はラベンダーの道東

凜として王子のごとき気品あり第四詩集に詩碑と名付けて

小熊賞受賞ならずと告げられて五月闇まで返信をせず

サルプリ舞は厄を払う朝鮮の伝統舞踊

花がこぼれるようにひとすじ汗落ちて舞姫はサルプリを舞い終わる

二人旅、一人旅　江田浩司とともに

尹伊桑生誕百年と近藤芳美の思い出のために

打ちとよむ打楽器をもて告ぐるものをわれには朝鮮の記憶の痛み
ひとりの生きしことの上音楽の君にあり弦は人間の祈念打楽器は怒り

近藤芳美『希求』

ここから始まる……
一九九二年十一月、東京芸術劇場での作曲家、尹伊桑（ユン・イサン）のコンサート、私のずっと前の席には近藤芳美、とし子夫妻、また、近藤に師事した酒井日出夫とその家族が居た。先祖の墓前で自死した酒井、あなたの苦悩はこのときどんな色をしていたのだろう。汎東洋主義（パン・エイシャニズム）を断ち切る音のしらべに民族の血が影をおびる、方向の定めなき光りに打たれて……

一点のひかりとなりて鴨おり来(く)　　浩司

酒井日出夫、わたしの中に生きてゐるあなたから奪ふ影なるひかり

あなたの死にわたしは何を答えたか　近藤に尹を導ける転回(ケーレ)

あなたの生と死にわたりゆく魂のディアスポラとふわたしのしらべ

魂を旅に……

日本語も朝鮮語も、孤立した言語（孤独語）である。

わだのはら漕ぎ出でてみれば바다（パダ）の原どこまで行っても二つ孤独語　美和

投げ込んだり落としたりして埋め立てて平らげてなお広し海原

道連れは鶴見俊輔の芳美論、「いろは牛肉店」の木村曙

地に落ちて曼荼羅となる枯木影　浩司

むき出しの近藤の辞よ宿れかしみずからの血を焔と化して

尹よしろき炎はつよく胸を焼く民族の血の雨にあゆめり

今ここに近藤の血が流れゆく尹の楽へとしらべをなして

釜山市近代歴史博物館

汚れの目立つ白をやめれば半島の文明進むなどと書かれて

美和

『ビッグイシュー』売りは片腕　地下鉄の物売りは片足　いつの戦争

高史明（コサミョン）が語った戦争末期の釜山港を近藤芳美も見たのだろうか。

魚雷に触れてちぎれた死体に魚群がりやがては人の胃の腑に入る

さゞ波の中にさゞなみ冬の湖（うみ）　　浩司

韓半島に見ししろき鳥　肉片と化したる路（みち）にここからの聲

うす闇にあらしめし世を傷痕を詩としてうたふ静かなる意志

あかがねの言葉のしらべ人間（じんかん）はかげとなりつつ今を生き継ぐ

日帝時代に取り壊された統営（トンヨン）の建物群がようやく再建された。

洗兵館（セビョンガン）のみを残して破壊せり……いつまでも謝るしかないじゃないか

四百年の楠は見守る再建の伽藍にはしゃぐ遠足の子ら

美和

軍の物資を作っていた工房は伝統工芸の工房として甦った。

水に浸した柳の枝をしごきつつ凧作る職人は何を尋ねる

みずからの命を賭して同時代性にたいし償いを果たさねばならない詩人は、その世紀・獣の瞳のなかに眼差しを固定し、みずからの血をもってばらばらになった時間の背骨を接ぎ合わさねばなりません。

（ジョルジョ・アガンベン『裸性』）

千年をかけ凍蝶や詩にめざむ　　浩司

はるかなる時間の息をいくたびも身にひきいるる冬の銀河へ

哀悼の曲は冴えゆく怒りともしろき光りの趨るあかとき

近藤のことばは尹をしづめゆく冬のひかりに喚声を聴き

尹伊桑も子どもの頃の凧遊びを対談で懐かしく語った。

喧嘩凧に仕込むガラスの粉混ぜて撚り合わせたる紐の光は　美和

凧職人に何か聞かれて片言の「日本人（イルボンサラム）」じゃしょうがないなあ

手加減せず浴びせられたる韓国語　耳に残れる「空港（コンハン）」という語

傷み、憧れ、闘ひ、悦び、苦しむ個人的な経験、帰郷するところに、帰郷の形に、そこに見える姿、閉ざされたノスタルジアから、開かれたノスタルジアへ……、無意識の欲望があらわにされる。

冬ぬくし海のむかうの旅をして　　浩司

遠きこゑ地によどみつつ彷徨（さまよ）へりしぐれにぬるる異邦者ならむ

無名なるたたかひに耐へまぼろしの故郷をめざす兵なる黒豹

冬の蛾の鱗粉ひかる石だたみいま岐路に立つおろかさを詠ふ

統営、弥勒山ケーブルカーに乗り、徒歩で山頂へ

アルミホイルの銀紙光る東の海　向こうにあるのは涅槃(ねはん)だろうか　　美和

四方の海向きを変えれば別々の屏風絵の部屋のように広がる

夜光貝、蝶貝のかけら流れ着く音楽堂の下の浜辺に

近代的なパラダイムを内包し、その後、重層化されるトランス・モダンなスケール。雪崩うち崩れゆくセリー、セリエルの黄昏(たそが)れ、イメージは高度に重なりながら決定されてゆく。時代や歴史への危険な可塑性を含みながら……

近代の山越えゆきてひかりの地　　浩司

いくたりも伏せる肉聲に苦しみて近代を越ゆ芳美の営為

ひかりなき世紀を越えてやがて来る尹のしらべの希求する世よ

未明なる詩のことばからかぎりなき聲を切りとり自らに問ふ

釜山からKTX（韓国新幹線）で一路ソウルへ

そらみつ大和にあらでたたなづく青垣山よ異国はいずこ

美和

官庁街の「城」と呼ばれるマンションの地下に牛骨スープをすする

国が引くゴム段飛べず蹲る友を見捨てて飛び越すわれは

芸術と芸術ではないものとの亀裂のはじめに、日常への回収を拒絶するしらべが聞こえる。先天的（アプリオリ）に拒絶されることがなく、後天的（アポステリオリ）に決定されることもないテクストが、利害のコンテクストの前にその身を晒す……

地にひかり満ち民族は暮れゆけり　　浩司

しばらくの沈黙ののちハイデッガー語ることなく去りし芳美は

戦争を詠ひ権力を詠ひ国を憂ふこの地に生きる磔刑として

聡明に選びし態度あかつきに一民族の祈念は告げず

革命を意思せぬ芳美　人類の命運として世紀を詠ふ

文炳蘭(ムン・ビョンラン)の詩「織女へ」、カン・ジェギュ監督の映画「あの人に逢えるまで」

永遠に若い心のままに待つ織女牽牛いつまでの恋

美和

はしけやし命の勢いふと落ちる日には覗くな野の隠れ井戸

ソウルの昔を残す一角

乙支路四街（ウルチロサーガ）は城下町かも家具屋町、ミシン屋町と照明の町

創作の意味において、思想を持ち得るかどうかが重要な意味になってゆく。ただし、真実を含み持つテクストは、まさにその真実のために、その意味を永久に問い続けなければならない……

日の丸と重ね売らるる太極旗　浩司

地にこもる真実をいふ思想をも詩（うた）のことばに託し生きこし

はじまりは覇者の論理と暴力か鋼（はがね）をひめし思想つき影

ふたたびを歴史の傷とめぐりあふわが戦場の終はりなき今

遠い恋、苦しむ恋

郎女は狐に変わり跳ね上がりまみえまじわりまぐわいをする

美和

大田（テジョン）に出張講義

近藤芳美の恨（ハン）を解くという営為とも培材大学校（ペジェテハッキョ）に招かれて来て

ただ結び合わせて耳を澄ますのみ　根こぎにされた人のこころを

一瞬に東海(トンヘ)も日本海も消えて琵琶湖横切る夕べの機影

同時代性とはすなわち、自身の時間との一風変わった関係ということになります。それは、時間に寄り添いながら、同時にまた、そこから距離をとるのです。つまり、より正確にいうならば同時代性とは、位相のずれとアナクロニズムをとおして時間に寄り添う、人と時間との関係性なのです。

（ジョルジョ・アガンベン『裸性』）

壬子硯堂訪問記

海上雅臣氏を追分の山荘に訪ね、移築された白井晟一邸に宿泊。

鎮座まします「眼蔵」の書の炯炯(けいけい)とそこで眠れと掛けられし額

檜風呂深く大きく湯を張りて丸くほぐされるからだとこころ

黒大蟻おとなしく膝に上り来る　生きているこの家のたましい

愛嬢を呼ぶ声聞こえ厨房の土鍋に炊かれ香る玄米

ありふれた美の連想を裏切りて堂々と髪なびかせて桜

弟橘となりし海より引き上げられ家刀自(いえとじ)眠る桜の苑に

見る人に見られて物が喜ぶと古美術商女主人の喜び

よき心すら残らざりけり※　さはさあれ良き人に見られ物は喜ぶ

※思へどもなほあはれなり。死にゆけば、よき心すら　残らざりけり

釋迢空

振り子時計見つめておれば振り子止まるこの思い出をとどめんがため

弓ヶ浜　鳥取・島根出張

足立美術館へ

裏庭の木賊（とくさ）憎くて根絶やしの木賊この絵に貂（てん）と戯れ

クールベの波の冥さに特攻の機影散らばる椰子と桜に

米子の宿から弓ヶ浜まで歩く

弓ヶ浜またの名を夜見が浜という　黄泉、弓、夢に打ち寄せる波

父祖祀る五輪の塔は中海の大きな岩を積むのみにして

松江の夜

松江城国宝の前を遮って市庁舎そびゆ　惑星の夜

働くハノイ　ハノイ出張講義

重すぎる荷物機内に持ち込んだ君はとっくに夜市に向かう

銭湯にあるような椅子に男たち朝食かきこみ今日も仕事へ

次の客の料理はバケツに満たされた洗剤でリンスした皿に載せ

窓の代わりのテレビ画面の早朝のエアロビクスも悪くなかった

僕だって君といたいが土曜日もスマホアプリのタクシー運転手

日曜日は妻が手配のアルバイト日本語試験の監督に向かう

送られる技能実習生と送り出す父母には会わず日曜なれば

待降節初日の大聖堂の前　解放前の茶器で茶を飲む

ホーおじさんの国の宝は喜んで質問をする大学生たち

ホーチミン廟

あなたはこれでよかったですか　永遠に冷たい椅子に座ったままで

濁り水

さかり咲く乳首のようなさくら色春は張るなり葡萄の芽ぐみ

夜の梅と思う間もなくびっしりと梅の実りの初夏へまっしぐら

月を抱き沈んだはずの李白さん最前列でスクリーン抱く

大いなる人は小さな弟子の書く評伝にこぢんまりと納まる

同僚である友人よりエール

臨済禅師の松を植えるの故事届く　はかりごと一つしくじった午後

臨済禅師の鍬（くわ）振り上げるお姿に声かけて今朝の仕事にかかる

濁り水の中に磨けば光る石いくつもありて静かに沈む

時宗の信徒であった。

鉦や太鼓で送る葬儀のおしまいに喪主が号泣した「お父さん」

帰国子女も帰化した子女も満開の教室に同じように咲くふり

ポップコーンもコーラも売らない映画館「アイたちの学校」を見るために来て

文学の楽しいはかりごとのため鶴屋吉信二階にて待つ

富士に会う

「すべての山に上れ」の一節を歌った。

礼法指導をする高校の式典で歌う校長としてデビューする

多摩の春武蔵野の春招かれて二倍の生を生きる覚悟に

すべての山に登れ　身近な目立たない小さな山でも自分の足で

時間をかけて優等生から不良へと変わったなどと嘘ばっかりで

二時間でも三時間でも日記書く日々だったこと遠い記憶に

富士に会う前に暮れれば仕方なし一気飲みするプレミアムモルツ

ボート部に

幟旗（のぼりばた）はためく風は向かい風クォドルプル女子三艇進む

一秒を争うコックスそれぞれの叱咤激励、友との絆

クォドルプルの勝負終わりて悔し泣き粛々とオール片付ける君は

アテンション、ゴッの響きに驚かず鴨はのんびり藻を食み続く

限られた競技時間にゴール前の艇にも届く「スリーミニッツ」

藻刈船　航跡の泡は藻の色す　強き日差しは夏から秋へ

息を呑むダブルスカルの美しき一致が速さに変わる瞬間

吹き流しいよいよ泳ぐ向かい風シングルスカルのゴール前の勝負

II

涼しき笑顔　台湾研修旅行

「やさしい漢詩の作り方」など取り寄せて四十年ぶり台湾に向かう

龍山寺四十歳の父と訪れし写真のわれの涼しき笑顔

そこかしこ一心不乱に祈る人かつては見えず若かりしかな

御守売場の列に並べる生徒らのばらまき土産誰にばらまく

圓山大飯店

九階は九月九日重陽の節句の詩歌と絵に迎えられ

ほんの四日の留守にも想うわが庭の飛梅のごとき白梅に遭う

猫空茶藝館
「中東風雲急」の見出しに気付かずに茶を淹れている向こうは海だ

搭乗を待つ間にやっと再会す松の香りの台湾コーラ

北村(プクチョン)

解凍し鍋に温める鶴橋のあわびのおかゆのうす緑色

できたばかりのチゲ食べていけ「ある闘いの真実」という映画の中で

韓屋で出会いし旅の道連れはデルタ航空の客室乗務員

アムステルダムで乗り換えに走った思い出に「デルタなら待ちません」と一言

仁寺洞あのあたりですと指差して混み合う交差点に別れる

海の画廊

時雨待つ空気動かす晩鐘のあとも会議と入力続く

オンラインも対面もさして変わりなし怖がられたり懐いてきたり

二十歳まであちらこちらで叩かれて怯える上目遣いのメール

先人に感謝しますのテンプレを越えた本音をやっと引き出す

岡崎乾二郎展へ

東京モノレールやっと見つけた入口に昭和の父に会いそうな店

天王洲アイルに満ちる潮の香にやさしく導かれ騙されて

今ここがディストピアとは知らないで祭りの最後の酒酌み交わす

心棒

雪とならずみぞれの師走駿河台記念館の灯を吹き消す夕べ

正論とかこころざしとか知らなくて案外すっと入ったみたい

息の根があるうちは後退戦を戦うと打ち込み……私も旧世代

漢詩だけ読んで生きたし歳晩の神保町東京堂書店に一人

棚のあるうちはましだと思うのか詩歌の棚のこれを見てみろ

浮かび上がった木の葉のように現われた背中に叫ぶまずは生きろと

心の中に一人一人が心棒を建てるのを見る手を出さず見る

沓掛

荻窪駅の近くに沓掛という地名あり

ウイルス対策会議の朝はぴったりと足に吸い付く靴で蹴り出す

星の刺繍の上履リュックに忍ばせて吹きっ曝しの通勤列車

足踏んだ踏んでないという諍いにうちの息子といつ名乗ろうか

田植えするベトナムの人の顔見えず声も聞こえず刺繡絵の中

どの沓に履き替え何を手向けるか先の見えない峠に向かう

開かない大学

これでもかと降る艱難（かんなん）の泥まみれ光らなくてもとっくに玉だ

家を出てスタバできっと聞いている顔を出さないオンライン授業

授業中だろと怒れば「奨学金」返済のためのバイトに行くと

開かない食堂と大学のそばにいて県から食べ物が届いたという

衣食足りた人から教えるほかはなし歴史と個人と社会構造

かすり傷もない人々とえぐられた人々に同じマスク配られ

軋む音に君の電話の声歪み辛うじて聞く退学報告

五年間学べただけでもよかったか高望みだと君は言ったね

この映画見ようとも言えず一食を抜いているかもしれない人に

一歩出れば二度と戻れぬ国境に一人壊れた教員もいる

壁蝨の嚙み痕

松林も草地も消えてニンゲンの住処(すみか)ばかりの門にレンギョウ

コムクドリが連れて来るのは夜明け前の雛のさえずり肌を刺す壁蝨(だに)

撮影は君の手ぶれのスマホにて壁に天使の額を飾って

オンライン入学式のデコルテにキスマークあり壁蝨の嚙み痕

有機栽培フェアトレードの絹のドレス胸の金糸の刺繡の光

お祝いに読む詩にも死の影差して幸多かれよ死のその日まで

先立たれた友にお悔やみをついに言えず喪の明けて型通りの賀状

ピアノ弾くように打ちゆくキリル文字近藤芳美詩選集の考察のため

幇間（ほうかん）とも弟子とも異なる時空あり研究者として芳美に対す

捲土重来

ほどけない程度にゆるくなう縄で占う禍福あざなえる縄

李晶玉と諏訪敦の対談

光公民館の美術講座は若き画家の「突然目の前が開けて」展その後

坂田一男展

水浸しの絵画と名誉の黒光り「捲土重来」展に集う若者

鉛筆のレシピは日に焼け消えるとも詩歌は誰かに口承される

不合理ばかりであっても礼儀は尽くさせる矜持を保つ方法として

アレッポの石鹸

いいにおいの石鹸はまず包み紙を開かないまま本棚に置く

一泊の宿で使った石鹸のかけらは履いた靴下に入れ

包丁で石鹸切ればあらわれるオリーブオイルの緑の光

手を洗うたびに嬉しいアレッポの石鹸は翡翠色の切り口

金属とプラスティックと陶器ではいずれよろしき石鹸置きは

石鹸づくりにもう使わないシナーンは砂漠のバスから見えた灌木

世界最古の都の市場は破壊されトルコに移る石鹸工場

粘土で作られ最後は粘土に還るという　人とよく似た石鹸の最後

清らかな水　永瀬清子生家を訪ねて

熊山は無人駅にて金木犀銀木犀の香に迎えられ

吉井川流れの倍の河川敷晴れの日なれば愉しく渡る

彼岸過ぎ名残の夏の黒い影電気も水も来ない生家の

不受不施派の隠し部屋あり詩人より先に顕彰された住まいに

二児の母のプライドよりも詩を守る気概たくましポートレートの

草原で満天の星と対峙して天に帰らず詩を書いたひと

きよらかな水をたたえる井戸の水汲ませまいとぞ蜂の唸り声

「政治もまた詩の言葉にて語るべし」と国文学者中西進

まぼろしの風　追悼　海上雅臣さん

追分の短冊掛軸色紙どもこぞりて送れ　あるじの出立

骨壺からランプの精のように出て　よく来たねえと手を振りそうで

旅人のように柿傳の階をめぐる　送る会、直会、そして茶席へ

アルアイン遺跡巡るに名を呼ばれしばらく二人きりの語らい

連れ立ちて何を語りしオアシスの鳥の囀りのみ記憶して

五十歳を過ぎれば駿馬も駄馬になる三輪龍氣生の渾身の弔辞

喉を傷めた白拍子真樹子さんと再会し筆談に問う創作能のこと

飛石（とびいし）を渡り茶室の前で待つまぼろしの池の風に吹かれて

追悼の茶会の菓子は亥の子餅こころの洞(ほら)を満たす大きさ

温石(おんじゃく)をふところに入れるようにして帰る新宿歳晩の街

デッサウの夏　バウハウス展

「来たれ」の英語は一拍ドイツ語は二拍「踊れ」もしかり　されば踊らや

ザラ紙の「アサヒグラフ」のバウハウス特集を芳美は読んだだろうか

触って学ぶ展示はすべて感染を避けるため「触らないで」に変わる

あの夏の旅の心の道連れは　レターヘッドに光る柿色

Ｗｉ－Ｆｉの届かぬ部屋でビスケットの黄色い袋と図録を開けた

一人旅にあれば空中に突き出したバルコニーには足踏み入れず

「ファグス靴工房」労働者の宮殿の映画見よと家計苦しき君に告げたし

晴(ぱ)りん　雨てぃあ　無(にゃーん)　辺野古を詠む

一滴の　星屑の　水を運べ　　牧港篤三

グスクめざして松林行けば海の向こう扶蘇山城から吹くような風

金の森銀の森吹き飛ばされて亀甲墓はフェンスの向こう

生きようと呼びかけに行った少女たち縊られて自決幇助と記され

生者死者目覚めよガマの前に立ち大音声の般若心経

赤土が運び込まれて水がない　琉球にもヤマトゥにも水がない

……ヤマトゥンチュであることということを見つめるということは七転八倒するようなとっても
辛い、しんどいことだと思うんです。　——知念ウシ

けらまーみぃしが　まちげー　みぃらん※　週末の三日の旅で何がわかるか

※遠くの慶良間島は見えても、自分の睫毛は見えていないということわざ。灯台下暗し

こぼれても運び続ける昼の星　盥（たらい）の底のひとすくいの水

晴れない雨はないとは虚無を拒絶する明るさ　ぱりん　あみてぃあ　にゃーん

全集の前で謙虚になる心叱咤して書け　言挙げをせよ

なぜ水をこぼすの　水を　向き合って静かに話したい夕凪に

水こぼし　残れる水に星くずのかすかな光　君に手渡す

忘れめやちびらーさんと声かけて冬瓜の菓子振舞いしひと

またあいに来ます　今ならまだあえるあなたに　今だからあえたあなたに

イージス・アショア配備をめぐる秋田バッシング

非国民ですが、それでとプラカードこころに提げて出勤をする

*エピグラフは、牧港篤三「水汲み　王城内の井戸（カー）」、牧港篤三・儀間比呂志『沖縄の悲哭』集英社、一九八二年、沖縄戦・沖縄を学ぶ１００冊刊行委員会編『沖縄戦・沖縄を学ぶ１００冊』勁草書房、一九八五年より。

三渓園の夏

夜の美術館一人の記憶の芳醇を二人味わう晩夏の庭に

夏草や夫と私とかくれんぼ

狂い咲く藤の花房吹き流しの形に伸びて色褪せもせず

恋文の紙縒(こよ)りで練りし塑像失せてのちは静かな横笛の家

俊徳丸弱法師の絵に再会す涼を求めて入る館に

遠き海に漕ぎ出す夢は薄暗き欄間にとどめ家業を継いで

後退りつつ法師蟬鳴きやまず

松風閣跡に登れば散らばれる煉瓦の中の「さまよえる鳥」

炉を塞ぐ新たなタゴール来る日まで

句が下手なわけはいろいろ龍之介の香煎と白湯の句を前にして

よく光るキノコとなりし夫婦かな

ふたこぶに盛られた氷分かち合うそう言えば真珠婚か今年は

企業家が文化人でもありし日の遥かなり「遊覧ご随意」の札

青いシャドー

夜の電車に赤いカートを引いて乗る真夜中の飛行機に乗るような出勤

泊まりの仕事は必ず酒を飲めというルールなけれどシードルを買う

はねた髪をどうにか見える髪型におさめるために朝は帽子を

妹の手編みの赤いベレー帽　心密かな戦闘モード

久しぶりの青いシャドーの奥二重表情が面白いほど変わる

試験補助をこなす生徒の真善美　今年なければさびしき入試

春の集合写真撮影を冬に実施

降りしきる氷雨の中で撮ったとは思えないほどみんな笑顔で

虹

夜間開館行きたけれども昨日今日明日も高校勤務の四月

校門の校旗の位置に国旗あり東京都教育委員会の礼法指導

旗置かず金屏風のみの壇上に「レインボウ」※の詩を式辞の中に

※「レインボウ」はウィリアム・ワーズワスの詩

大きくてもそれはゆずかもしれないと見上げるたびに父の声する

忘れたいことばかりある一年をたわわに実る柚子の大玉

遠縁の不動産屋はどのあたり飲み屋ばかりが目立つ阿佐ヶ谷

常宿をやっと見つける日本酒の美味しい店と駅の間に

手洗いと消毒の日々マニキュアを忘れた指を苺が染める

コンスタブル展

シロップを綿あめの雲にかけたれば五色の虹の見えるデザート

挨拶

授与式の私は頭を下げすぎる写真に教わり改めてみる

挨拶をするまで待てば挨拶をされると知れど挨拶をする

虫干しに箪笥の奥より取り出すは優等生の衣なつかし

強い女は厄を散らすと厄除けに義母の給いし真珠の首飾り

かえりみれば二人の祖母はそれぞれに強い女で厄を散らした

感染予防のため、卒業式を二回に分けて実施。

粛々と今日二回目の卒業式同じ式辞に心をこめて

梅の枝に鳥もちのようなアブラムシしごいた指を黄色く染める

高校の隣は観泉寺

有期雇用の若き教師のひたすらの耳に届けよ五時の晩鐘

生きている言葉

東京経済大学の一年生の教養講座に出講。

自由はいつ知ったか誰に教わったか金子文子の講義のはじめに

国分寺崖線の森のキャンパスをいまだ知らず一年生二百名の教養講義

小六で「ありのままの」と絶叫しコロナ時代を生きる君たち

本当の答えを聞きたい渇望はZOOMのチャットの窓にあふれて

何のために上京したかと問いかければ応答するのは山梨の学生

皆が自由を求めれば秩序は乱れると訳知り顔のコメントもあり

美術館に映画館に図書館に行ってみよと言えば素直に行くと君らは

鈴木裕子先生の薫陶受けし講師室懐かしむのはパレスチナの研究者

凧の糸

血の色のブレスレットの糸換える祇園の投げ込み寺の数珠屋の

供養した人とは別の魂に乗り移られて背中押されて

母と姉妹の肉体労働に支えられ論文書く手の白く細い指

凧の糸いつ離そうか子どもだと思う間はいつも子どもで

初めての論文校正あどけなき君が一家の家長であるとは

移民労働者何人分のトマト缶海を越えてもたった百円

格差

香草の匂い求めてさまよえる指に触れたる芋虫の腹

杜鵑草(ほととぎす)も柚子もタイムも鳥たちの餌台となり蝶は生まれず

Twitterを見た学生か天然酵母パン高すぎて買わず出て行く

喫茶店に入った後で知らされるマスク着用反対の店

百円の父母会提供弁当の列に静かに並ぶ学生

格差なら昔からあると言い捨ててそれで終わりにできる人たち

高校の昇降口には下足ロッカーがある。

履き替えて始まる朝は忖度をされる立場と肝に銘じて

ハラスメント研修の準備

三倍速で研修教材吟味する何か違うと呟きながら

回向

急逝の写真屋さんの貼紙に手を合わす人と立ち去る人と

硝子戸の隅に誰かが置いたのは線香だろうか小さな包み

朝早く開店したのは通学の子らに毎朝声をかけるため

わが家にも小さい子らがいた日々の特急仕上げのパスポート写真

地域で愛されていたとわかってよかったと遠い故郷の人の言葉に

このあたりで一番古い人だった夏の最後の桃を手向けに

詩人からの暑中見舞いをよく読めば「オリンピックに勝て」という文字

書庫にまで届く雷雨の小気味良さ読んで疲れればコピー取りに立つ

出庫手続きに手間取るときに鳴る電話一度ならず二度切ってしまって

新幹線に乗らぬかわりに取り寄せるアルト、シュヴァルツ、ヴァイツェン、サイダー

散らす火花を

「東洋・西洋のスパーク」という演奏会へ

忍従と多死の八月　国策の祭りの中に混じる影たち

戦地より生きて帰って戦死者の遺児に悪罵を投げつけたひと

生きるためにこれだけは見たいと覚悟決めて夏の終わりの音楽堂へ

影たちは目を見開いて届かない声を託せる器を探す

開演前の夏の夕べのカフェテラス君は小鳥に麺麭(パン)屑(くず)投げて

オペラ「二人静」

沈黙の海より救い上げられた難民の弟と柴漬けの乳児

マーラー「大地の歌」

藤村実穂子歌姫立ち上がるときの四方のさざなみ味方につけて

コップの水を飲みほしてまた歌い出す老いを見つめる素面（しらふ）の歌を

ここに生きることと世界と過去未来散らす火花を夏の名残りに

どこまで女

ケア知らずの私はどこまで女なのか親の大事の日の役立たず

自動精算機は使えない父と知る医師の説明に付き添う午後に

伸び放題の紫蘇の葉むらに秋の日をさえぎられては芋は育たず

座っても庭の柚子絞り瓶に詰めて送り来る父が今もいること

この秋も誘い合わせて隣人とクルミを拾いふりかけ作り

退院後なにもなかったようにして太い大根とキャベツが届く

炊いたはずのご飯が今日も炊けてない日々繰り返す母の日常

塩鮭のハラスの好きな母のため毎週欠かさず父は買いに行く

穀潰しカーボン消費やめられぬ作家夫婦の老いのゆくえは

筑後川

時差登校で学年ごとに披露するボディパーカッションとダンスの祭り

向き合って生徒と生徒が語り合うようなポーズに泣きそうになる

新学習指導要領

「文学国語」は「論理国語」を差し置いて高二で必修　本校の場合

教室に今日は入らず窓越しに教師を見つめる若きらを見る

アーティストは生命維持に不可欠と言えない国で詠い教える

親世代の昭和マインドに付き合って戦略立てよとコンサルは説く

管理職にありてソフトな管理主義と喝破した人のその後を知らず

すべて金目でユニゾンばかり流行る世に不協和音をそっと奏でる

合唱指揮者、田中信昭先生

合唱と付和雷同は異なると教えてくれた信昭先生

四十年後の同窓会の「筑後川」うやむやにたどり着いた河口に

IV

ほととぎす競詠　　齋藤芳生とともに

二〇二〇年初夏、夜中にTwitterで大田美和がほととぎすの来訪を告げると、斎藤芳生から応答があった。競詠しようと意気投合したが、実現したのは二〇二一年、コロナ禍二年目の夏となった。

福島県福島市

錆びついたフェンスを蔓草は覆い隣家も隣家の庭も見えざり　　芳生

おばあさん亡くなりて佇つひとのなき庭暗くほととぎすの初鳴き

ほととぎすおまえの親のその親の親の親も高き声に鳴きいし

ささやかな庭木の陰をわれも好む見上げるような大木よりも

切実さうつくしさもたぬわたくしの問わず語りをTweet（つぶやき）と呼ぶ

オンライン授業準備の夜は更けてひと声名乗る山ほととぎす

東京都狛江市　美和

いつの間にわが窓に来るほととぎす丑三つ時の闇を和らげ

初鳴きの歓び分かちあう人のなくて小声で告げる「ようこそ」

蛍雪の窓にはあらでYouTube録画の窓に来る沓手鳥（くつてどり）

Tweet（つぶやき）に応うる声のある夜をよろこびとしてiPhoneひかる

芳生

特許許可局

文学部を出てよりトッキョキョカキョクに追いかけられて改札口へ　美和

言い合いてまた笑いたる春遠しわれらのトーキョートッキョキョカキョク　芳生

大階段を下りる背中を追いかける一反木綿、夜のほととぎす　美和

ほととぎすこの夏も戻り来て鳴くをよろこびわれは子を産まず生く　芳生

霊長類ヒト科の一個体として托卵のずるさ妬むことあり

ほととぎす初音は耳に残れども姿は見えず恋のごとくに　　美和

空耳と疑う耳に今一度ひと声残す夜のほととぎす

齋藤芳生は四月から青いボタンインコを飼い始めた。

ぴい、ちゃん、とみずからを呼ぶように鳴く手乗り鸚哥は托卵をせず　　芳生

差し出せば手に乗りそうなひと声は葡萄棚ある窓の外より　美和

飼い鳥は飼い主よりも賢くて血を吐くように鳴いたりは、しない　芳生

テレワークの愁いを洗うひと声は姫榊（ひさかき）の葉の繁るあたりに　美和

オンライン会議の間に聞こえくるほととぎす、ああ君の街にも　芳生

現世（うつしよ）に怯え小さき飼い鳥が声あげて鳴く夜の更けのあり

姫榊は日陰にあれば左右（そう）の手を広げて待てり今宵初鳴き

美和

「一羽でも卵を産んでしまいます」手乗りの鳥のいのちさびしも

芳生

雨の降る夜、降らぬ夜

一夜鳴き二夜を鳴いてこの夜はほととぎす来ず雨の音を聴く

夏の窓に打ちつけられて垂れる雨ひとつぶがひとつぶの音もつ

遠く近くまた遠く鳴き夏鳥の声は樹雨のにおいを濃くす

夏至の夜の夜鶯（ナイチンゲール）の夢うつつ本を閉じればほととぎす鳴く

美和

時鳥（ほととぎす）水に響く音（ね）水なくも水輪（みなわ）広げる夜半の窓辺に

ひたひたと夜の青田に流れ込む水の音してほととぎす来ず　芳生

胸までの深田は疾うに埋められて何急かすのか山ほととぎす　美和

ぬばたまの夜を飛びまわるほととぎす遠い国より届くネグリジェ（待つか待てるか）

鳴くものか、鳴いてたまるかへの字口ついにひらかず帰る子のあり　芳生

鳴かぬならわれらどうする考えて考えてこころ右往左往す

鳴かぬならきみはどうすると子に問えば「鳴かないままがいい」と笑えり

アメリカの森に誰何（すいか）の梟（ふくろう）といずれ怖ろし死出（しで）の田長（たおさ）と　美和

鳴かないのではなくここにもういない一羽がわが暗闇にはばたく　芳生

飛びながら鳴く音は夜の緞帳に穴を穿ちて星座となせり　　美和

憧れて時には憎むほととぎす鳴いて血を吐くという切実　　芳生

蜀魂、魂迎鳥

翼ある魔物のごとくホトケコセ、タスケタマへと背後より鳴く　　美和

ほととぎすの声を待ちいしひとはいまはるかその声のとどかぬところ　　芳生

杜鵑(ほととぎす)稀なる年は雷の天を響(どよ)もし芋を太らす　美和

ほととぎすの鳴く夜の湿り帯びながら空き家取り壊されてゆくなり　芳生

ほととぎす汝が初声は我にこせ五月の玉に交へて貫かむ（万葉集）
アマビエの薬玉(くすだま)作り紐引けば響き渡れよ山ほととぎす　美和

V

美術館の幽霊　渋谷区立松濤美術館

マスクした宇宙人われら下船して白井晟一の館に入る

吹き抜けの橋渡ること許されて何も飾らぬギャラリーの中

橋掛かりあるいは茶室の飛石を進むごとくに美に逢いにゆく

美術館の幽霊たちの漂える地下の泉の光る噴水

古舟の字を孤舟に変えて薄暗きソファに沈める個々の思いを

茶室として使われなかった茶室の書　地下に危座して松濤を聴く

感染防止時間指定の客なれば名残を惜しむエントランスで

芦屋川　神戸・淡路島研修旅行

宴会場のテーブルは一斉に前を向き三百人の生徒の黙食

芦屋川　浜まで歩くあの日から打ち上げられたものはどれだけ

芦屋廃寺塔心礎という白鳳の礎石の柱の穴の雨水

ワゴンセールの傘といえども骨と糸、発条（ばね）をきれいに確かめる指

取り寄せて入試のおやつケーニヒスクローネは王冠をつけた熊さん

蛍、来い　ウクライナのために

タンス貯金をかき集めてか窓口でウクライナに送りたいと縋り寄る人

今日の戦況毎日伝えるテレビとは知らずテレビを見ずに暮らせば

リヴィウの醸造所は火炎瓶工場になったというベアレンビールの春の便りに

したり顔で国家に貼りつき語る口　沖縄と台湾でそれを言えるか

酢に浸し平和のメッキが剝がれ落ちピンクゴールドの地金がのぞく

「戦争という完全な悪に対峙する」ブィコフから始める「世界文学」の授業

友の友の著作からウクライナの作曲家ボルトキエヴィチを知る。

練習曲「詩人」はショパンに似た響き智内威雄の左手が舞う

パウル・ヴィトゲンシュタインは戦傷のため、智内威雄はジストニアのため、左手のピアニストになった。

「左手のためのシャコンヌ」ユダヤ人認定、非認定、哲学と音楽

建前も志もみな砕け散り若者たちがしずかに見ている

火達磨の言葉があれば蛍来い天に昇ればさらわれるとも

言葉、言葉、こっちの水はこすからい　あっちの水は……ほう、蛍、来い

撃ちてしやまん

キリル文字のキーがまず出る設定は二月のままに戦争続く

ぬかみその臭いを匂いに戻すまで七日はかかるまして政治は

命知らずの原発攻撃決死隊これから生まれる人が人質

防衛費二倍三倍玉櫛笥(たまくしげ)人身事故を日常として

女なら良しとは言えぬ弾(たま)ばかり政権与党撃ちてしやまん

教授会報告

ミソジニーの内面化という内省の刺す方角はどこを吹く風

カメラOFFミュートの画面は糠(ぬか)に釘何度でも刺す戒めとせず

母語なれどロシア語なれば棄てるという母語を棄てるとウクライナの詩人

構想は英語ではなく母語だった初めて書いた英詩のことだ

薫陶

作品も作者も黒い髪のままそこに静かに座ったままで
気づかないあなたが悪いと穏やかに昔と同じ微笑み返す

年相応の校長近影見せたれば残念そうに母の溜息

出勤前の頭皮冷却スプレーの一時限りのミントの香り

焚き染めた衣を脱いで冷え切った陶器のように若者座る

薫陶は香り手触り目に見えぬものを纏って現れるひと

目に見えぬものが見えるという人が人事にいれば……推薦書書く

寝る前に撫でては覚めてまた撫でてコイビトは古い本の手触り

紙の消費量世界三位は恥というその前に本が出せてよかった

明け方の熱を見舞いしコイビトはとうに記号に成り果てにけり

残り香

当てにした沢庵漬けはこの冬はなくとも父母は一病息災

一〇〇〇ccバイクに跨るようにしてレインコートの母子の自転車

中将姫の故事をはるかに六歳児と蕗の皮剝く雨の祭日

湯に放つ前に粗塩ふりかけて幼児に見せる板摺の様

寿司飯をあおぐ根拠は知らねども小学生は大いに扇ぐ

梅剪らぬ莫迦のおかげで撓む枝小梅の嵩に枝は苦しむ

小梅の蔕（へた）を楊枝で取り出す辛抱のそこが辛抱どころか知らず

実山椒一晩漬けた笊（ざる）なればその残り香をわれは楽しむ

次の工程にかかる日はいつ冷凍庫にとりあえず入れて仕事に戻る

ジュゴン能　「沖縄平家物語」のために

竜宮の安徳くんの友はザンすなわちジュゴンどこに行ったの

目と耳を工事の砂に塞がれて南の海へ母の語りに

さんぴん茶と雪塩ちんすこうのもてなしに「沖縄平家物語」三年め

平家蟹三匹は告げるはるか南の海にジュゴンは再会を待つと

能登殿は蟹となっても安芸太郎安芸次郎を従えて舞う

初舞台は手だけ蟹だとほめられた合唱指揮者の二年三年

ハカ踊りフラも踊りて能舞台ウクレレの背に松の風吹く

笊の中の豆

ロビーには「密を避けよ」の貼紙がはみ出して誰も座らぬベンチ

この笊を傾けられて笊の目を頼りに踏ん張る豆は幾つか

最初から南瓜は出刃で連れ合いに切らせておけば家庭の平和

思い出す慶州の旅

善徳女王の墓所の入口に畑地ありて細い南瓜が幾つか下がり

耳の裏の髪掻き上げて教えられる脱毛の跡鏡の中に

中将姫展と當麻寺へ

三日月と宵の明星指してゆく姫を思えり祈りの旅に

もっとほしくて

十月に、姫榊に花芽

終わらない夏の終わりに春を待つ花芽は吹きて備えよという

黄金虫の卵はいくつ土の中葡萄ゆっくり色づく下に

これの世に何も知らずに生まれ来る命はあれば待たむと思う

赤ちゃんの名前に千を入れようか血のつながらない父子の会話に

千の字でたまたま繋がる親子なり今もパパとは呼ばれなくても

ジョージ・エリオットの伴侶の子には母二人マザーとママと呼び名を分けて

死すべき人間その表現に会った日の十五の秋の『指輪物語』

苦しければこれはいかがと人づてに伝えた本の読まれたるらし

誰かしらほめてくれれば今朝も着る白いうさぎの跳ねるセーター

葉の落ちたそばから芽吹く野の菊と大根を掘る父に教わる

根気よく壊れた時計を診るような人が日なたにもっとほしくて

一番近い雪の駅まで出かけたら苦しむ人に届くだろうか

ダナム・パークへの小旅行　「あとがき」に代えて

英国のマンチェスターに研究のため、三か月あまり滞在した。帰国便に乗る前日に、ダナム・マジー・パークへ向かった。かつては貴族が所有して住んでいたが、今はナショナルトラストが管理している。

十九世紀の作家エリザベス・ギャスケルの初期の短編小説「リビー・マーシュの三つの祭日」の第二話で、マンチェスターの紡績工場の労働者たちが、休日に運河から船に乗って出かけた公園である。気の合う近所の住民が連れ立って、自然に囲まれた森で新鮮な空気を吸い、お弁当を食べて遊んだ後、小高い丘の上からマンチェスターの中心部を眺める場面が忘れがたい。

平らな草原のはるか遠くを見渡すと、大都市の上を覆う動かない煙の雲が見えるだろう。それがマンチェスター、醜い煤煙に汚れたマンチェスター、忙しく真面目に立派に働くわれらがマンチェスターなのだ。そこで彼らの子供たちは生まれ、何人かはそこに埋葬され、そこにホームがあり、神によってそこに生が与えられ、与えられた運命を全うせよと言われたマンチェスターなのだ。

運河は今も残っているが、マンチェスターにはもう工場の建物はない。マンチェスター市内から郊外に休日の客を乗せて運河を走る船も、今は存在しない。運河沿いのウォーキングコースはあるようだったが、にわか雨の予報があり、翌日の帰国便の、長時間のフライトを考えると、むやみに歩いて足を傷めたり、怪我をしたりする危険は避けたほうがよさそうだった。ピーター・ルー広場からトラム（路面電車）に乗ったあと、バスに乗り換えるルートを選んだ。

バスの停留所を降りて、少し歩けば着くはずだった。しかし、バスに乗って料金を払うときに私が告げたバス停の名前に、運転手はちょっと怪訝な表情をして、行く先を聞いた。そのやり取りを聞いた別の乗客が、「私が教えてあげる」と言い、バスは走り出した。しばらくしてその乗客が降りた後、別の乗客が前の乗客が言い残したバス停ではなく、自分が降りるバス停で別の路線バスに乗り換えたほうが、安全に公園の入口まで行かれると教えてくれた。そのバス停で一緒にバスを降りた。「あなたが乗るバスが来るまで一緒に待っていてほしい？」と聞かれて、「大丈夫です」と答えてお礼を言って別れた。

ここに来るまでの車窓からは、一面に麦畑が拡がる風景が見えた。曇りや雨の日が続き、鉄道ストライキが頻発した憂鬱を一気に吹き飛ばす開放感を与えてくれた。このバスもめったに通らない、歩道のない道路を、外国人の女が一人で歩くのは、たしかに賢明ではなかった。このような場所ではスマートフォンを持っていても、モバイルデータ通信も使えず、グーグルマップが役に立たないことを忘れていた。

察する文化の社会ではないので、黙っていると放っておかれるが、困っているとわかると、一人ではなく何人もの人が手を差し延べてくれる。最後の最後に危うく無謀な旅をするところを助けられて、幾人もの人の親切に触れることができた。

公園に着いてみれば、巨大な駐車場にはたくさんの自家用車が駐車して、夏休みの家族連れが多かった。マンチェスター市内では多く出会う、イスラム教徒の人たちやアジア人やアフリカ人には出会わなかった。イスラム教徒や有色人種の人たちには人気のない公園なのか。それともやはり公共交通の不便さが、経済的弱者のアクセスを難しくしているのか。ウーバーのタクシーに相乗りしても割高な場所なのか。セルフサービスのカフェの列に並び、ミートパイとポテトチップスと紅茶を買った。テラスで一服して、木々の緑や笑いさざめく人々を見てから、パークの中を歩いた。鹿が群れ、水車場があり、樹齢五百年以上と言われるオークの樹があった。そしてマンチェスター最後の日が終わった。

＊

本書は、『とどまれ』に続く第六歌集であり、中央大学杉並高等学校の校長を兼務した時期の作品を収めた。四年間の在職期間のうち、三年間はコロナ禍の毎日だった。一斉休校中の生徒たちへのホームページを通してのメッセージや、録画によるオンライン入学式、教員室からホームルーム教室にマイクの音声のみで語りかけた、始業式や終業式の「校長先生の話」……。コロナ禍の日々にも、言葉の重みはそれまで以上に軽くなり、人の命よりも経済が優先される時代に、言葉しか持たない素人として、心に残る詩の一節や名言を引用したスピーチを行うなどして、できる限りのことをした。その言葉がどのように受け取られ、どこで小さな花や実を結んだのか。なにがしかの応答の痕跡が残ったとしても、それがわかるのは、何十年も先のことだろう。

教育や言語表現活動というものは、そのような気の長い営みであるはずなのに、ゆとりを許さず、結果を急ぐ時間が、コロナ禍の中でも、激しく波打ちながら、せわしなく流れ続けていた。他人の生を支えるため、自分の生を全うするため、それぞれに働く人たちの生は、そのような波の上に一瞬現れては消える、かがよいのようなものなのであろう。それをどのくらい歌いとどめることができたであろうか。どんな小さな命にもかがやく瞬間はあるはずで、善なるものの到来を願い、幸いあれと祈ることが、効率性や有用性とは無縁の、文学という営為なのだと思う。

本書に掲載した連作のうち、「半島につづく扉　詩人の丁章（チョンヂャン）さんへ」は『扉のない鍵』1号（二〇一七年）、「二人旅、一人旅」は『現代短歌』三月／55号（二〇一八年）、「沓掛」は「梧葉」65号（春号）（二〇二〇年）、「晴（ぱ）りん　雨てぃあ　無（にゃーん）」は『現代短歌』8月／72号「特集　辺野古を詠む」（二〇一九年）、「ほととぎす競詠」は『歌壇』十二月号（二〇二一年）、「蛍、来い」は『現代短歌』9月／92号「特集　ウクライナに寄せる　あるいは、戦争と言葉」（二〇二二年）、「もっとほしくて」の一部は「現代短歌新聞」１３０号（二〇二三年一月発行）が初出である。「三溪園の夏」の俳句の初出は、Miyake, Yusuke et al. *Twin Steps: Constanta-Yokohama 1977-2021*, Anticus Press, Constanta, Romania, 2021.（『姉妹都市 44年の歩み　コンスタンツァ・横浜 1977-2021』）である。

「ほととぎす競詠」はコロナ禍の闇を照らすTwitter（現在はX）の応答がきっかけで生まれた競作であり、齋藤芳生さんには御作品の本書への掲載をご快諾いただき、心より感謝している。「二人旅、一人旅」では、人生のパートナーでもある好敵手、江田浩司が通奏低音を奏でて、競作を支えてくれた。あらためて感謝したい。

『とどまれ』に続いて、美しい写真で本書を飾ってくださった写真家の石山貴美子さん、装丁の大橋泉之さんに御礼申し上げる。今回も最高の本づくりをしていただいた、北冬舎の柳下和久さんに心からの感謝を捧げたい。

二〇二四年三月二十五日　「惜別の歌」を口ずさみつつ

本書収録の作品は２０１７年（平成29年）―23年（令和５年）に制作された３９５首です。本書は著者の第６歌集になります。

著者略歴
大田美和
おおたみわ

1963年(昭和38年)、東京都生まれ。著書に、歌集『きらい』(91年、河出書房新社)、『水の乳房』(96年、北冬舎)、『飛ぶ練習』(2003年、同)、『葡萄の香り、噴水の匂い』(10年、同)『とどまれ』(23年、同)のほか、『大田美和詩集二〇〇四－二〇二一』(22年、同)、既刊歌集、詩篇、エッセイを収録した『大田美和の本』(14年、同)、エッセイ集『世界の果てまでも』(20年、同)、短歌絵本『レクイエム』(画・田口智子、1997年、クインテッセンス出版)、イギリス小説の研究書『アン・ブロンテ―二十一世紀の再評価』(2007年、中央大学出版部)などがある。現在、中央大学文学部英文学教授、専門は近代イギリス小説、ジェンダー論。

かがやけ

2024年6月15日　初版印刷
2024年6月25日　初版発行

著者
大田美和

発行人
柳下和久

発行所
北冬舎
〒101-0062東京都千代田区神田駿河台1-5-6-408
電話・FAX　03-3292-0350
振替口座　00130-7-74750
https://hokutousya.jimdo.com/

印刷・製本　株式会社シナノ書籍印刷

ISBN978-4-903792-85-9　C0092